돌바위골이야기

돌바위골이야기

강성희 시집

문학나무

어린 가슴속 이야기

안성 시내에서 동편으로 십 리를 가면 금광저수지가 나온다. 산 밑 저수지 굽잇길을 따라 십여 리 더 가면, 차령산맥 칠장산과 서운산을 잇는 등성이 아래 한 마을이 있다. 안성시 금광면 사홍리 석암, 내가 태어나고 자란 돌바위골〔石巖〕이다. 골짜기에 있는 초등학교를 졸업하였다. 중학교 2학년 여름에 전기가 들어왔다. 전기가 없어 호롱불 남포등을 쓰던 어린 시절, 지금은 가슴속에 남아 있는 돌바위골 이야기다.

고향 이야기는 제1시집 『빛을 물고 오다』에 15편, 제2시집 『깻잎장아찌가 있는 부부의 밥상』에 51편을 실었다. 나머지 이야기들을 짧은 시로 엮는다.

2025년 봄
강성희

차례

시인의 말

004   어린 가슴속 이야기

제1부
4행 시

014   그리움 한 자락 — 돌버위골 1

015   어머니의 청국장 — 돌버위골 2

016   끼니때 — 돌버위골 3

017   아버지의 냉장고 — 돌버위골 4

018   굽은 등 — 돌버위골 5

019   왕골자리 — 돌버위골 6

020   화단에서 — 돌버위골 7

021   박꽃 — 돌버위골 8

022   보금자리 — 돌버위골 9

023   단잠 — 돌버위골 10

024   어둑새벽 — 돌버위골 11

025   개나리 울타리 — 돌버위골 12

해설 _ 이승하 시인 · 중앙대 교수

116 고향 안성의 오지 돌바위골에서 있었던 일들

026 산울타리 — 돌바위골 13

027 꽃동산 — 돌바위골 14

028 노랗게 익은 살구 — 돌바위골 15

029 밀 서리 — 돌바위골 16

030 호드기 — 돌바위골 17

031 반두질 — 돌바위골 18

032 돗자리에 내려앉은 별 — 돌바위골 19

033 고줏대 — 돌바위골 20

034 해질녘 — 돌바위골 21

035 쇠전 다녀와서 — 돌바위골 22

036 훈김 도는 길 — 돌바위골 23

037 이불 — 돌바위골 24

제2부
5행 시

040 어머니의 반지 — 돌바위골 25

041 그래서는 — 돌바위골 26

042 겨울 연시 — 돌바위골 27

043 해토머리 — 돌바위골 28

044 첫 쟁기질 — 돌바위골 29

045 들녘 — 돌바위골 30

046 홍수 — 돌바위골 31

047 푸른 집 — 돌바위골 32

048 모깃불 — 돌바위골 33

049 나 잡아봐라 — 돌바위골 34

050 개구리참외 — 돌바위골 35

051 빨랫방망이 — 돌바위골 36

052 꼬마 도깨비 — 돌바위골 37

053 나일론 양말 — 돌바위골 38

054 꼬마물떼새 — 돌바위골 39

055 저수지 위를 달린다 — 돌바위골 40

056 마당들이기 — 돌바위골 41

057 새참 — 돌바위골 42

058 　알갱이만 남아라 — 돌바위골 43

059 　연시 — 돌바위골 44

060 　고 맛이야 — 돌바위골 45

061 　아욱죽 — 돌바위골 46

062 　밥 한 끼 — 돌바위골 47

063 　맷돌질 — 돌바위골 48

제3부
6행 시

066 　불빛이 싫어 — 돌비위골 49

067 　봄맞이 대청소 — 돌바위골 50

068 　고모할머니 — 돌비위골 51

069 　목이 부러질지언정 — 돌비위골 52

070 　동네 목욕탕 — 돌바위골 53

071 　두꺼비집 — 돌비위골 54

072 　고구마 통가리 — 돌비위골 55

073 　배꼽참외가 좋아 — 돌비위골 56

074 　구급약 — 돌비위골 57

075 　돌 나르기 — 돌비위골 58

076   내가 주인인데 — 돌비위골 59

077   숫자 세기 — 돌비위골 60

078   야외 수업 — 돌비위골 61

079   송충이 잡기 — 돌비위골 62

080   이삭줍기 — 돌비위골 63

081   나무 이사하는 날 — 돌비위골 64

082   눈 폭탄 — 돌비위골 65

083   손님맞이 — 돌비위골 66

084   다식 — 돌비위골 67

085   복조리 — 돌비위골 68

086   거북놀이 — 돌비위골 69

087   줄다리기 — 돌비위골 70

088   신식 지붕 개량 — 돌비위골 71

089   새마을 도로 — 돌비위골 72

090   퇴비 증산 — 돌비위골 73

091   붉은 대추 — 돌비위골 74

092   고생했다 — 돌비위골 75

093   구름밭 — 돌비위골 76

제4부

7행 이상 시

096   계 모임 하는 날 — 돌바위꼴 77

097   목화 다래 — 돌바위꼴 78

098   돌바위골 버드나무집 — 돌바위꼴 79

099   나이테 — 돌바위꼴 80

100   뒤웅박 — 돌바위꼴 81

101   깨가 쏟아지다 — 돌바위꼴 82

102   서리걷이 — 돌바위꼴 83

104   아버지의 어죽 — 돌바위꼴 84

106   밑나무가 된 아버지 — 돌바위꼴 85

108   아버지의 등 — 돌바위꼴 86

109   대청마루 기둥 — 돌바위꼴 87

110   등물을 해 드리며 — 돌바위꼴 88

111   매미 껍데기 — 돌바위꼴 89

112   고샅길 — 돌바위꼴 90

그리움 한 자락
— 돌바위골 1

살바람 부는 날

안마루에 오도카니

빈 사랑채 바라보는

어머니

어머니의 청국장
— 돌바위골 2

동짓달 눈싸움에 썰매놀이
느지막이 뛰어 들어오면

무쇠화로 삼발이 위에 뚝배기
자글자글 졸아붙는 청국장

끼니때
— 돌바위골 3

무쇠솥에 눌어붙어 단내 나는
따끈따끈한 감자 한 양푼

저마다의 입에 파근파근
저저마다 까르르 까르르

아버지의 냉장고
— 돌바위골 4

전기 없던 시절*

뒤란에 있는 돌우물

열무김치 오이소박이 참외 수박······

줄을 늘여 띄운 바구니

* 중학교 2학년 때 전기가 들어왔다.

굽은 등
— 돌바위골 5

짚방석에 앉아
톱니를 쓸고 있네

이가 닳아 등에 닿는 톱
뼈가 닳아 등이 굽는 아버지

왕골자리
― 돌바위골 6

대청마루에 앉아

고드랫돌* 넘기는 아버지

노끈을 조이며

모질게 다잡는 생

*발이나 돗자리 엮을 때 날을 감아 매어 늘어뜨리는 돌.

화단에서

― 돌바위골 7

곱다 참 곱다

안마당에 작은 화단

채송화 쓰다듬는 눈빛

옥잠화와 소곤거리는 어머니

박꽃
— 돌바위골 8

무명치마 오므려

찰랑찰랑 받아낸 달빛

빈 독에 싸르르

채워 넣고 싶은 어머니

보금자리
— 돌바위골 9

쩍쩍 갈라진 부뚜막
황토 걸레질하는 어머니

휑하니 구멍난 바람벽
새새틈틈 매질하는* 아버지

*벽 거죽에 매흙을 바르다.

단잠
— 돌바위골 10

모질게 우는 문풍지

굼벵이처럼 웅크리는 새벽

아궁이에 군불 지피는 아버지

따끈따끈해지는 구들장

어둑새벽
— 돌바위골 11

뒤란 돌우물에
두레박 끌어올리는 어머니

산골 보리밭에
오줌장군 지고 나서는 아버지

개나리 울타리
— 돌바위골 12

들바람 달려와 머무는 곳

참새 박새 방울새
병아리 개구리 두꺼비

뒤꼍에 있는 작은 숲

산울타리
— 돌바위골 13

살갗을 찢을 듯 파고드는 된바람
가랑잎처럼 날리는 작은 새들

산울타리 빽빽한 측백나무
한겨울 새들의 안식처

꽃동산
— 돌바위골 14

진달래는 참꽃

철쭉은 개꽃

깨꽃(샐비어) 참깨꽃 목화다래 빨아먹고

칡순 찔레순 장다리 꺾어 먹지

노랗게 익은 살구

— 돌바위골 15

살구야 떨어져라

용쓰며 던진 신발

낼름 받아 안은 지붕

헤헤 지금도 웃고 있는 신발짝

밀 서리
— 돌바위골 16

긴긴날 보리누름에
노르스름한 밀을 싹둑싹둑

모닥불 둘러앉은 개구쟁이들
얼굴도 손도 숯검정

호드기

— 돌바위골 17

구불구불 논틀밭틀길 벗어든 고무신

구멍난 런닝구에 걷어올린 맨발

올망이졸망이 호드기 소리

시샘 많은 매미들의 열창

반두질
— 돌바위골 18

몰아라 몰아 우당탕

메기 한 마리 들어갔다
힘차게 걷어올린 반두*

메기 대신 시커먼 고무신 한 짝

*양쪽 끝에 가늘고 긴 막대로 손잡이를 만든 그물. 주로 얕은 개울에서 물고
기를 몰아 잡는다.

돗자리에 내려앉은 별
— 돌바위골 19

— 찹쌀떠억 메밀무욱*

국민학교 운동장에 가설극장
울멍줄멍 돗자리에 온 가족
초롱초롱 내려앉은 별무리

*영화 속 대사.

고춧대*
— 돌바위골 20

돌리자마자 드르륵 미끄러진다

— 이놈아 구멍이 맞아야지

윗돌을 다시 앉히는 아버지

술술 잘도 돌아가는 맷돌

*맷돌의 고춧구멍에 박아 놓은 나무나 쇠로 된 기둥. 윗돌이 이 기둥을 의지
하여 돌아간다.

해질녘
— 돌바위골 21

쇠꼴 한 바지게 타닥타닥
고삐 잡고 가는 까까머리

어서 가요 뚜벅뚜벅
바지게 끌고 가는 소

쇠전 다녀와서
— 돌바위골 22

움머 움머어~

그치지 않는 울음

토닥토닥 목덜미를 그러안는 아버지

그렁그렁 송아지 떼고 온 어미 소

훈김 도는 길
— 돌바위골 23

마당에 재잘재잘

안채에 두런두런

애햄 사랑방 헛기침 소리

밥 짓는 연기 퍼지는 고샅길

이불

― 돌바위골 24

벌판을 치닫는 시퍼런 바람

세상 끝까지 몰아치는 눈보라

겹겹이 쌓여 솔아 붙은 눈 속

파랗게 꿈을 꾸는 청보리

제2부
5행 시

어머니의 반지
― 돌바위골 25

― 아버지가 나한테 맡기고 갔어
너랑 막내한테 줘야
내가 편히 눈을 감지

장롱 깊숙한 곳
찾아뵐 때마다 꺼내 보이는 반지

그래서는
— 돌바위골 26

안 되는 거였다

어머니 무릎에 얼굴을 묻고
울어서는 안 되는 거였다
아버지 없는 결혼식 끝난 후,

말없이 안아준 당신

겨울 연시

— 돌바위골 27

무덕무덕 더뎅이진 어둠
대청마루 안까지 들이치는 눈보라

곳간에서 연시를 꺼내오는 아버지

등잔불 밑에 욜그랑살그랑*
화로를 둘러싼 가족들

*몸의 일부를 가볍게 살짝살짝 흔들며 자꾸 움직이는 모양.

해토머리*

― 돌바위골 28

개울녘에 옴쭉옴쭉 솟아나는 쑥

여물 위에 듬뿍 얹어주는 쑥 뿌리
콧구멍을 벌름벌름
헤벌쭉 벌어지는 입

이제 논갈이 밭갈이 시작하자꾸나

*얼었던 땅이 녹아서 풀리기 시작할 때.

첫 쟁기질
— 돌바위골 29

누렁아, 고생했다
목덜미를 쓰다듬는 아버지

물먹은 소의 눈망울

여물 위에 한 바가지
부드럽게 쌀겨를 얹어준다

들녘

— 돌바위골 30

흠칫흠칫 찡그리는 눈
부푼 젖통 들이받는 송아지

뒷다리를 살짝 들었다 놓고는
입술을 씰룩씰룩

꼬리를 들어 애먼 등짝만 철썩,

홍수

― 돌바위골 31

하늘이 미쳤나보다
쉬지 않고 퍼붓는 장대비

허리 끊어진 신작로
반쯤 떨어져 나간 바깥마당
안마당에 꼬물거리는 미꾸라지

푸른 집
— 돌바위골 32

까끌까끌한 보리타작
화살처럼 튕겨 나가는 알갱이들

연이어 퍼붓는 장맛비

초가지붕, 죽담*, 두엄더미 위에
통째로 옮겨온 보리밭

*막돌에 흙을 섞어 쌓은 돌담. 'ㅅ' 자형으로 엮은 이엉을 덮는다.

모깃불
— 돌바위골 33

식구들 나와 앉은 평상

야금야금 타들어가는 보리까락*
이따금 얹어지는 마른 쑥대

주먹만 한 감자 몇 개
푹 찔러 넣는 아버지

*보리의 낱알 겉껍질에 붙은 수염 또는 동강. 작은 부스러기들.

나 잡아봐라
— 돌바위골 34

둑 위에 눈도 깜짝 않는 돌부처

잠자리 잡으려 뛰어오른 개구리
허공만 물고 풍덩

기어오른 콧잔등에 개구리밥만 찰싹
눈을 끔벅여도 앞발로 비벼도 찰싹

개구리참외
— 돌바위골 35

알록알록 수박 껍질 개구리참외

비가 올라치면 폴짝폴짝
잎 위에 올라앉는 청개구리
잎 밑으로 기어드는 참개구리

노란 속살 개구리참외가 익어간다

빨랫방망이
— 돌바위골 36

빨랫돌 위에 얹어 놓고 펑펑

땅따먹기 구슬치기
가재 잡고 개구리 잡고

개구쟁이 대신
내 옷만 두드려대는 어머니

꼬마 도깨비
— 돌바위골 37

오줌 마려워 깬 밤중

더듬더듬 흰 고무신, 검정 고무신

짝짝이로 발맘발맘* 뒷간 가는 길

몸뚱이 없이 걸어오는 신발 한 짝

엄마얏, 도깨비 살려어…… 풍덩!

*한 발씩 또는 한 걸음씩 길이나 거리를 가늠하며 걷는 모양.

나일론 양말
— 돌바위골 38

팽이치기 썰매타기
얼음 깨서 고기 잡기

신발 벗고 따끈따끈
발을 쪼이는 모닥불

— 아차차, 내 양말

꼬마물떼새
— 돌바위골 39

가뭄으로 물 빠진 저수지 상류

끼룩끼룩 꼬마물떼새
알록달록 검은 점박이 알
총총거리며 모래밭을 달린다

어디로 갔나, 그 많은 발자국

저수지 위를 달린다
— 돌바위골 40

확 터진 사방
가는 곳이 길이다

사사사 사사삭
하얀 눈길을 달리는 자전거

두꺼운 얼음 위에 솔아 붙은 눈

마당들이기*

쿵쿵 황토 부리는 소리
새벽부터 이어지는 바지게의 행렬
흙을 이겨 다지고 면을 고른다

마당질이 끝나면
땅따먹기 구슬치기 최고의 놀이터

*마당질을 하기 위하여 울퉁불퉁한 마당에 흙을 이겨 고르는 일.

새참

― 돌바위골 42

― 여어, 참 좀 들고 혀
― 아이구 성님두, 두 분이나 드시잖구
― 허허 이 사람아, 술 한 잔은 나눠야제

새참 때가 되면 이 밭 저 밭
막걸리처럼 구수하게 부르는 소리

알갱이만 남아라
— 돌바위골 43

'또그르르 또그르르'

가볍게 날아올라 부드럽게 착지,
신나게 구르는 알갱이들

키*를 잡은 어머니의 손놀림에
허공을 나는 콩 팥 녹두 동부……

*곡식 따위를 까불러 쭉정이나 티끌을 골라내는 도구.

연시

— 돌바위골 44

— 연시가 다 떨어지겠어요
— 먹을 만큼 따먹고
몇 개만 놓고 가요

바닥에 떨어져 박살 난 연시
왜 인제 왔냐며 핀잔을 준다

고 맛이야
— 돌바위골 45

된서리 맞아 쪼글쪼글
떫떠름하니 씨만 두글두글

겨우내 항아리에서 숙성된
조청보다 차지고 다디단 고욤

먹어본 사람만 아는 고 맛!

아욱죽
— 돌바위골 46

고추장 된장 푼 국물에
싸라기 죽 한 솥

아랫집 윗집 동네 할머니들
이 빠진 합죽이 할머니도 후루룩
잘도 넘기는 멀건 아욱죽 한 사발

밥 한 끼
— 돌바위돌 47

건성건성 멀쩡한 마당을 비질
깨끗한 마루를 훔치며 호들갑

— 찬밥이라도 한 술 떠

동네 제사 집 돌 듯
허기진 배를 채우는 할머니

맷돌질
— 돌바위골 48

맷방석 안에 올려놓은 맷돌
함께 앉아 맞잡은 손잡이

밀고 당기며 맷돌질하는 두 분

단단히 영근 콩 팥
여름내 응어리진 시간을 탄다*

*타다 : 안성 사투리. 콩이나 팥 등 단단한 곡식을 맷돌로 갈아 가루를 내는 일.

제3부
6행 시

불빛이 싫어
— 돌바위골 49

흠칫 방구석에 돌아앉은 강아지 꼬리
마루 밑에 똬리 튼 먹구렁이
부엌 찬장에 옹송그리는 생쥐의 까만 눈
담장 밑에 웅크린 고양이
뒷간에 숨어 있는 도깨비

등잔불 피해 엉겨있는 어둠들

봄맞이 대청소
― 돌바위골 50

뗀 문은 앞내로, 집안은 쓸고 닦고

물에 불려 떼는 묵은 종이
샅샅이 씻어 말린 문
새 창호지 붙여
입으로 물을 뿌리는 어머니

창호지 바르는 날은 대청소하는 날

고모할머니
— 돌바위골 51

가끔씩 찾아오는 배앓이
콩알 넣은 병을 빙빙 돌리는 고모할머니
오늘은 개다리소반 위에 쌀을 한 줌 뿌린다

— 아하, 요놈이 범인이구나

아랫배 몇 번만 쓰다듬으면
감쪽같이 사라지는 통증

목이 부러질지언정
— 돌바위골 52

익어갈수록 꼿꼿한 결기

탈곡기 무쇠 날을 들이받으며
총알처럼 튕겨나가는 낟알

초가지붕 흙돌담 이엉 위에
시퍼렇게 솟아오르는 보리

뾰족뾰족 잎잎이 창끝이다

동네 목욕탕
— 돌바위골 53

별 총총한 여름밤 앞내

꼭대기부터 아주머니
중간은 아저씨
아래 둠벙은 아이들 차지

은하수에 발 담근 별무리
개울물에 첨벙거리는 아이들

두꺼비집
— 돌바위골 54

힐끔힐끔 물억새에 숨어 있는 도마뱀

작은 모래밭에 알나리깔나리* 개구쟁이들
따뜻한 돌을 귀에 대고 팔짝팔짝
돌팔매질로 물수재비를 뜬다

잠지 드러내고 모래를 두드리면
덜렁덜렁 호두알처럼 영글어가는 두꺼비집

*아이들이 서로 놀리는 말. '알나리'는 어리고 키가 작은 사람이 벼슬 했을
때 농담 삼아 '아이나리'라는 뜻으로 하던 말이며, '깔나리'는 운율에 맞춰
덧붙인 말.

고구마 통가리*

— 돌바위골 55

행랑채 윗방 구석 고구마 저장고

호롱불 아래 동그마니 솟은 밤 동산
손뼉 치며 부르는 동요, 꺼져가는 뱃속
이슥토록 날로 바수는 작은 생쥐들

고구마 통가리 바닥을 드러내면
아이들은 한 뼘씩 자라난다

*쑥대, 싸리 따위를 새끼로 엮어 둥글게 둘러치고 곡식을 채운다. 아버지는
  수숫대를 엮어 만들었다.

배꼽참외가 좋아
— 돌바위골 56

달달한 배꼽참외가 좋은 건
여섯 살 개구쟁이도 마찬가지

미끈한 놈은 내다 팔고
못생긴 녀석은 내 차지

배꼽참외만 골라 먹는 막둥이
올챙이배에 참외 배꼽을 닮아간다

구급약
— 돌바위골 57

장마철 상한 음식을 먹었을까?
찢어지는 듯한 복통, 노래지는 하늘
배를 움켜쥐고 나뒹굴자
장독대로 뛰어가는 어머니

소금물 한 그릇 들이마시고
쓴 물까지 토해낸다

돌 나르기
— 돌바위골 58

앞내에서 학교까지 돌 나르는 아이들
빨간 손바닥 도장 열 개를 받아야 한다

이 놈은 너무 작아
두 개를 하나로 쳐줄게

증축되는 건물 기초, 화단 축댓돌
학년이 올라가며 늘어나는 교실*

*조령초등학교 7회 졸업생이다. 학교 다니는 동안 교실을 몇 차례 증축하
  였다.

내가 주인인데

— 돌바위골 59

왜 쫓아내느냐 앵앵거린다

논바닥 밀어내 만든 학교 운동장
아이들 발길 끊어지자 살판난 잡초들
여름방학 끝나기 전 풀 뽑기 특별 소집이다

운동장 가장자리 풀밭을 파헤치는 호미질
파리 떼처럼 날아들며 쏘아대는 땅벌들

숫자 세기
— 돌바위골 60

한 마리

두 마리

……

열 마리 이상 손들어

회충약 단체로 복용한 다음날

대변과 함께 나온 숫자 파악하는 선생님

야외 수업
— 돌바위골 61

야호! 냇가로 뛰어가는 함성

지금부터 이를 닦는다
호랑이 선생님의 호통 소리

고운 모래, 지푸라기로 문지르는 아이들

잠시 후 손과 목 때 검사한다

치약 칫솔을 모르던 어린 시절

송충이 잡기
— 돌바위골 62

섬뜩, 목에 떨어진 놈을 튕겨 낸다

나뭇가지마다 다닥다닥
손가락만 한 징그러운 놈들
팔뚝으로 기어오르고
근질근질 뻘겋게 붓는 목

득시글거리는 석유 깡통, 실적 검사

이삭줍기
— 돌바위골 63

추수 끝난 빈 논
어른들 살펴보고 갔는데
새들이 쪼아 먹는데
들쥐도 물어 가는데
한 되씩 주워 오라는 학교

볏가리 쳐다보는 뒤통수가 따갑다

나무 이사하는 날

― 돌바위골 64

학교에서 나무를 가져오라는데
집안에 무슨 나무가 있나

앞산 진달래 뒷산에 심고
뒷산 철쭉은 앞산에 심는다

국민학교 식목일은 이 산 저 산
나무들 이사하는 날

눈 폭탄

— 돌바위골 65

한 달 내 쌓이는 눈
팔 것은 고사하고 집에 땔감도 바닥이다
사람도 가축도 불은 때야 살지

눈 속을 헤치며 지고 온 생나무*
부엌에는 아카시아 노간주나무를 들이고
바깥 아궁이에는 청솔가지를 욱여넣는다

*베어낸 지 얼마 안 되어 물기가 마르지 않은 나무. 한겨울 아카시아, 노간
주나무는 생나무도 잘 탄다. 청솔가지는 송진이 많아 큰 아궁이에 욱여넣
으면 천천히 탄다.

손님맞이

— 돌바위골 66

정월 초하루, 팔월 보름날은
먼 곳에서 손님 오는 날

안마당을 쓸고
바깥마당을 쓸고

동네 사람들 모두 나와
동구 밖까지 청소를 한다

다식
— 돌바위골 67

두런두런 설날, 한가위 전날 밤

쌀 녹말 깨 송화, 달달 볶은 콩가루
구멍마다 꼭꼭 채운 조청 반죽
고임목 빼고 가만가만 누르면
갖가지 문양을 몸에 새기고
모양 갖춰 쏙쏙 올라오는 전통 과자

복조리

— 복 많이 받으세요

정월 초하룻날 꼭두새벽을 울리는 소리
집집마다 복조리가 던져진다

칠장사 뒷산까지 가서 뽑아 온 조릿대
청년 회원들의 우렁찬 목소리

쌀을 이듯 한해의 복을 얻으세요

거북놀이
— 돌바위골 69

발채* 엎어 놓고
틈새에 청솔가지를 꽂는다
몸통은 잔가지
다보록한 것으로 머리
뾰족한 가지는 꼬리를 만든다

뒤집어쓰고 동네 한 바퀴 돌던 친구들

*짐을 싣기 위하여 지게에 얹는 조개 모양의 소쿠리.

줄다리기
— 돌바위골 70

둥 둥 두웅, 영차영차

짚으로 꼬아 만든 동아줄
여러 가닥을 모아 반으로 접어 묶고
둘의 고리 사이에 통나무를 꽂는다

정월 대보름 동네 대항 줄다리기
마을의 명예를 걸고 장정들이 달려든다

신식 지붕 개량

― 돌바위골 71

베어지는 미루나무들*

걷어내는 초가지붕

녹이 스는 함석은 싫어

기와는 구닥다리

온 동네를 뒤덮는 인조슬레이트

시멘트와 석면이 혼합된 자재

*미루나무를 켜서 인조슬레이트를 고정시키는 목재로 사용했다.

새마을 도로
— 돌바위골 72

나부끼는 깃발, 귀청 때리는 노래
신작로에 모여 콘크리트포장을 한다

마을 이름이 괜히 돌바위골인가
길바닥 벅벅 긁어대면 돌 자갈밭

시멘트 물만 붓고 밟아대면 완성되는
신기한 새마을 포장도로

퇴비 증산
— 돌바위골 73

날 밝기도 전에 대문 두드리는 면서기
두엄자리마다 이름과 목표를 표기한 막대기

아무리 쌓아놔도 며칠만 지나면 폭삭,
엄부렁하니 참나무 위에 풀을 덮는 아버지

한 철 지나고 나면
퇴비 속에서 나무줄기를 빼어 아궁이로 간다

붉은 대추

― 돌바위골 74

― 대추가 잘 익었네요
하나 따먹어도 될까요
― 한 주먹 따 드세요
보고도 못 먹으면 늙는다는데

늦가을, 동네 마당가에
한잔한 할아버지처럼 붉게 웃는 대추

고생했다
— 돌바위골 75

쓰다듬는 목덜미
코뚜레를 끊어준다

땅바닥에 턱을 내려놓고
그렁그렁 물먹은 눈망울

짐짓이
먼 산 바라보는 아버지

구름밭
— 돌바위골 76

호미모*나 심는 하늘바라기
산코숭이** 자드락밭*** 한평생

하늘에 구름밭 일군 아버지
푸른 벌 하얗게 피어난 목화송이

동짓달에는 어머니와
씨아 앞에 마주 앉겠네

*호미모 : 논에 물이 적을 때 호미로 파서 심는 모.
**산코숭이 : 산줄기의 끝.
***자드락밭 : 나지막한 산기슭의 비탈진 땅에 있는 밭.

제4부
7행 이상 시

계 모임 하는 날
— 돌바위골 77

해 짧은 동짓달
동네 계 모임 하는 날
막걸리 50말 태워주는 술계

커다란 가마솥에 펄펄 끓는 동태찌개
방문 열릴 때마다 나오는 빈 주전자
대청마루에 앉아 술심부름한다

커다란 양푼에 쏟아놓는 술
주전자 오갈 때마다 키득키득
노란 양재기로 홀짝홀짝

게슴츠레 졸고 있는 주전자
왁자한 소리 잦아들 무렵이면
일곱 살 동생과 내 그림자도 흔들거린다

목화 다래
— 돌바위골 78

다래다래* 목화 다래

들길 걷다 슬쩍 따먹던

달큰한 목화 어린 열매

따뜻한 햇살 쟁여 넣어

가지마다 보송보송

하얗게 피워낸 목화송이

동지섣달 씨아질하는** 어머니

누나 시집갈 때 가져간 목화솜

아내 시집올 때 가져온 솜이불

*작은 물건이 많이 매달려 있거나 늘어져 있는 모양.
**씨아로 목화씨를 빼는 일.

돌바위골 버드나무집

— 돌바위골 79

금광면 사흥리 돌바위골 버드나무집 ○ ○ ○

바깥마당에 있는 놀이터
아등바등 매달려 기어오르던
꼭대기까지 올라 왕놀이하던 능수버들

넓은 그늘에 앉아 담뱃잎 엮는 어른들
한여름 우체부 아저씨 도시락 까먹는 자리
길 가던 할아버지 쉬어가던 자리

새끼를 밴 암소가 죽어 나가고
밤늦도록 벌어진 굿판
행랑채를 파고든 버드나무 뿌리가 범인

옆에 있던 살구나무도 함께 베어지고
어린 시절 우편 주소가 사라졌다

나이테
— 돌바위골 80

몰아치는 폭풍우에 여지없이 뽑혀나가는 몸통
눈더미에 쩍쩍 부러지는 울음 울음들
싹둑 잘려나간 허리에
메아리로 응축되어 내려앉은 발자국인가

벌나비 날갯짓에 흐드러지는 꽃향기
단꿀에 취해 들이받는 명지바람
첫눈처럼 꽃눈개비 쏟아진다

갈빛으로 누워버린 들판에
허리 꺾여 서걱거리는 억새
하얀 머리에 맴도는 노을빛

꽃바람에 옷섶 풀어헤치듯 부드럽게
찬바람에 여미는 옷깃처럼 촘촘히
눅진하게 스며든 삶의 발자국이다

뒤웅박

— 돌바위골 81

'뒤웅박 팔자'
신세를 망치면 헤어 나오기 어렵다는 말씀
박 꼭지에 구멍 뚫어 속을 파낸 바가지

어머니가 끔찍이 아끼는 보물들
둥그스름한 놈 갸름한 놈
모양도 크기도 가지가지

무 상추 아욱 시금치 작은 씨앗들
곳간 못걸이에 대롱대롱
해마다 씨를 받아 보관하는 곳

속 깊은 뒤웅박이 어머니 품인 것을
한 계절 포근히 잠잘 수 있는 씨앗의 보금자리

깨가 쏟아지다
— 돌바위골 82

우수수
깨가 쏟아진다

잘 마른 깻단 모아놓고
참깨를 터는 아버지
신이 나서 미리 뛰어내리는 통통이
볼기짝 맞고 튕겨나가는 알짜배기
맞고서도 악착같이 붙어있는 찌그렁이
엎어지고 자빠지고
곤두박이는 알갱이들
옆에서 키질하는 어머니

허허허 호호호
깨가 쏟아진다

서리걷이*
— 돌바위골 83

된서리 내린다 하면
서둘러 밭뙈기 돌아보는 아버지와 아들

푸르뎅뎅한 호박 몇 개
불그죽죽한 끝물 고추
허리 꼬부라진 배불뚝이 가지
고들고들 말라버린 동부 울타리콩
뒤늦게 속살 채운 것들
설렁설렁 돌아보며 한 바지게** 거둔다

대청마루에 앉은 하얀 무명치마
늙은 호박 길게 썰어 추녀 밑으로
갸름한 애호박은 얇게
가지는 어슷썰어 채반으로
자분자분 가을을 칼질하는 어머니

맷방석에 모여 있는 동부 콩꼬투리

희끗희끗하게 얼룩이 진 고추 희아리

한 뼘씩 짧아지는 햇살을 그러모은다

*된서리 내리기 전에 가을걷이에서 빠트리거나 늦게 달린 곡식을 거두는 것.
**발채(조개 모양의 소쿠리)를 얹은 지게.

아버지의 어죽
— 돌바위골 84

가슴까지 얼얼하게 파고드는 동짓달 칼바람에
술독이 되어 들어온 아버지

— 이런 날은 얼큰한 어죽이 쥑여주지
어레미로 물고기 몇 마리 잡아오너라

아버지 등살에 부스스 눈 비비는 까까머리
이 엄동설한에 어디 가서 고기를 잡나
한숨만 푹푹 쉬는 어머니

한 시간 지나
대관령 덕장의 동태가 되어 나타난 손에
딱 세 마리 미꾸라지 버들치 송사리

이 눔으로 무슨 놈의 어죽을 끓이나,
생각다가 며칠 전 끓어놓은 왕멸치 대가리
한 주먹 우려내고 살펴보니

어두컴컴한 부엌바닥에 미꾸라지는 도망치고
송사리는 틈바구니에 끼여 뭉개지고
남은 놈은 배 터진 버들치 새끼 한 놈
고추장 뻘겋게 풀어 끓여 내온다

― 내 평생 이렇게 맛있는 어죽은 처음이여

냄비 바닥까지 박박 긁어 드신다

―그래도 저놈이 효자여 허허
그 추운 밤에 지 애비 위해 물고기를 잡아오고

술만 취하면 반복되는 레퍼토리
아버지 생애 최고의 음식 버들치 어죽

밑나무*가 된 아버지
— 돌바위골 85

목말을 탄 아이는
아버지를 빨아먹고 자란다

팔뚝만 한 고욤나무 밑동을 자르고
도끼날을 대어 망치로 친다
쩍 갈라진 틈에 끼워 넣는 감나무 어린 가지
가냘프게 맞댄 껍질 부분이 유일한 생명선

바람 들지 마
찬바람에 얼지 마
비닐로 짚으로 꽁꽁 싸맨다

구들장 데울 땔나무
논밭 쟁기질 괭이질
등짐으로 실어 나른 먹거리
낫으로 찍히고 무디어진 몸뚱이

반듯한 가지 하나 키우기 위해

밑나무가 된 아버지

*접을 붙일 때 그 바탕이 되는 나무.

아버지의 등
― 돌바위골 86

시골집 헛간 구석에 녹슨 긁개 하나
소 등을 긁어주는 아버지가 보인다

활처럼 구부러진 뿔 밑에 이마
주름진 목
잔등에 이어 양쪽 배
투실투실한 엉덩짝
꼬랑지 끝 긴 털을 고르고 나면
멍에목을 쓰다듬는 아버지

허옇게 털 빠진 자리
쟁기 마차 끌며
멍에 자리에 생긴 주먹만 한 혹

줄줄이 매달린 여덟 자식
평생 짊어진 굽은 등이 보인다

대청마루 기둥
— 돌바위골 87

탈곡하자마자 빠져나가는 장리쌀
농약 비료 신발가게 외상값

먹을 것은 타고난다는데
끝없이 입만 벌리는 여덟 자식들
굽어지고 내려앉는 척추 뼈

안마당이 꺼지는 듯한 장탄식
옆지기에게 쏟아내는 화풀이
묵묵히 대청마루 훔치는 어머니

닦을 것도 없는데 연이어 훔치고
기둥을 잡고 일어선 눈길
행랑 지붕마루를 초점 없이 넘어간다

등물을 해 드리며
— 돌바위골 88

들에서 돌아온 어머니
물 한 바가지 뿌려드린다

땡볕에 타버린 뒷목은
가마솥 아궁이의 숯검정
축 늘어진 가죽에
서리 맞은 포도 알 두 개

— 어 시원타, 어 시원타

어머니의 등을 문지르며 울컥,
물 한 바가지 더 뿌려드린다

매미 껍데기
— 돌바위골 89

대청마루에 걸터앉은 어머니 곁
사내 대신 명아주 지팡이

도토리 같은 몸집에
아들 여섯 딸 둘을 낳아 키운 엄니
논두렁 밭두렁 굽은 길
앉은걸음으로 타고 넘은 이랑

손가락은 메마른 삭정이
발바닥은 까슬까슬한 담벼락

숲으로 날아간 매미는
저 혼자 컸다 울어대고
바람만 가득한 매미 껍데기
아버지 없는 집을 지키네

고샅길
— 돌바위골 90

사라진 흙담 돌담 울타리
밥 짓는 연기
담 넘어 늘어진 감나무
크고 작은 바깥마당 아이들 웃음소리

한도껏 경계선을 내민 콘크리트 담장
굳게 닫힌 철문
알 수 없는 사람들
쓰러져가는 빈집

이곳이 내 고향이다
가슴속으로 들어앉은 고샅길

고향 안성의 오지
돌바위골에서 있었던 일들

경기도 안성이 낳은 시인은 한두 명이 아니다. 안성에는 박두진문학관과 조병화문학관이 있다. 이 두 명시인 외에도 임홍재와 정진규 시인의 고향이 안성이다. 이 네 명 시인은 모두 고향 안성을 10여 편의 시를 통해 노래하였다. 유년 시절에 몇 년씩 안성에서살았지만 청마의 말마따나 이들은 노스텔지어의 손수건을 꽤 오랫동안 흔들었다. 시간을 좀 거슬러 오르면안씨 성 문인인 안국선과 안막과 안회남이 안성 태생이다. 안국선은 신소설의 대가요 안회남은 월북한 30~40년대 정상급의 소설가다. 카프에서 활동한 안막은 시와 평론을 썼는데 무용가 최승희의 남편으로서지금으로 치면 매니저, 즉 무용기획자였다. 영화감독신상옥과 김수용, 작곡가 길옥윤, 건축가 김세종, 도살풀이춤의 대가 김숙자가 안성 태생이니 안성이 예

이승하

시인 · 중앙대 교수

향인 것은 그 누구도 부인할 수 없다.

세월이 많이 흘러 2022년에 강성희라는, 안성에서 태어나 안성을 죽 지켜온 이가 시인으로 등단한다. 등단한 그해에 제1시집을, 이듬해에 제2시집을, 작년에 제3시집을 출간했으니 비록 늦깎이로 등단했지만 지금은 안성을 넘어 한국 시단에서 맹활약을 하고 있다. 머리말에 나와 있는데, 시인은 고향에 대한 이야기를 제1시집 『빛을 물고 오다』에서 15편, 제2시집 『깻잎 장아찌가 있는 부부의 밥상』에서 51편에 걸쳐 한 바 있다. 그런데 이번에 내는 제4시집에 실려 있는 90편의 시를 보니 모두 자신이 태어나고 자란 안성시 금광면 사흥리 석암(石巖), 즉 돌바위골에서 있었던 일들에 대한 추억담이다. 수록된 시편을 통틀어 부제를 '돌바위골' 몇 번으로 하였다. 지금까지 많은 시집을 봤지

만 서정주가 『질마재 신화』(1975)에서 자신의 출생지
인 전북 고창 일대의 설화와 전설, 민담을 수집해서
바로 자신의 고향을 주술적으로 재현한 적이 있는데
그 이후 한 권의 시집을 온전히 고향 노래로 일관한
시집은 강성희 시인의 『돌바위골 이야기』가 최초요,
한국 시문학 전체를 통해서도 유일하다고 생각한다.

특히 이번 시집은 4행 시가 24편, 5행 시가 24편,
6행 시가 28편, 7행 이상 시가 14편으로 형식상의 색
다름을 추구하고 있다. 오늘날 시가 산문화, 장형화
된 것이 독자들이 시집을 사서 읽지 않게 된 중요한
이유가 되고 있는데 강성희 시인은 역으로 시의 운문
화, 단형화를 실천하고 있다. 어린 날 보고 듣고 느낀
것들을 시로 표현하기 위해서는 주저리주저리 설명하
는 것보다는 짧게 줄여 묘사하는 것이 낫다고 생각했
기 때문일 것이다. 자, 지금부터 시인이 들려주는 고
향 이야기에 귀를 기울여 보기로 하자.

안성은 산이 험한 강원도와도 다르고 바다를 접하
고 있는 해안도시도 아니다. 평야지대로 보기도 어렵
다. 차령산맥의 제일 끝에 위치하고 있어 동북쪽으로
400~500m의 그다지 높지 않은 산들이 있고, 서남
쪽으로 100~200m의 낮은 구릉이 이어지는 지형이
다. 호수가 많은 편이고 교통이 그다지 좋지 않다. 그

런데 시인이 나고 자란 돌바위골은 첩첩산중에 자리를 잡은 마을로, 오지 중의 오지였다. 시인이 중학교 2학년 때 비로소 전기가 들어왔다고 시에서 밝히고 있으니 얼마나 궁벽한 곳이었는지 알 수 있다. 시인들이야 대체로 애향심을 갖고 있지만 왜 강성희 시인은 고향 마을 이야기를 이렇게 한 권의 시집을 통해서 하게 된 것일까.

살바람 부는 날

안마루에 오도카니

빈 사랑채 바라보는

어머니
—「그리움 한 자락」 전문

90편 연작시의 첫 작품이다. 화자의 어머니는 '빈 사랑채'를 보고 있다. 몇 십 년 세월 동안 수많은 사람이 드나들었던 사랑채가 텅 비어 있다. 지난날에 대한 그리움이 사무쳐 빈 사랑채를 보고 있는 것이다. 살바람은 좁은 틈으로 새어드는 찬바람이라는 뜻과 봄철에 부는 찬바람이라는 뜻이 있다. 안마루는 안채에 놓인 마루를 뜻한다. 이 시집에 참으로 많이 나오는 순우리말 중 2개인데, 낱말 사전이라고 해도 좋을 정도로 독자에게 국어 공부를 시키는 시집이다. 시인은 8남매 중 일곱째라고 하는데 집안이 매일 얼마나 복작댔을 것인가.

동짓달 눈싸움에 썰매놀이
느지막이 뛰어 들어오면

무쇠 화로 삼발이 위에 뚝배기
자글자글 졸아붙는 청국장
— 「어머니의 청국장」 전문

청국장이 그만 졸아붙고 말았다. 노는 데 정신이 팔려 식사 시간 한참 지나 집에 오곤 했던 화자의 유년은 가난해도 행복했을 것이다. 지금 이 시를 읽는 젊은이들은 '무쇠화로'도 '삼발이'도 본 적이 없을 것이다. 썰매놀이도 한 적이 없을 것이다. 삶은 감자가 간식이 아닌 주식이었던 시절이 있었음을 어찌 알 것인가.

무쇠솥에 눌어붙어 단내 나는
따끈따끈한 감자 한 양푼

저마다의 입에 파근파근
저저마다 까르르 까르르
　　—「끼니때」전문

　끼니를 무쇠솥에 눌어붙은 단내 나는 감자로 때우면서도 웃음꽃이 피어나는 집이었나 보다. 가난이 이 집에 우울의 그림자를 드리우게 하지 않았다. '파근파근'은 무슨 뜻인가? 국어사전을 찾아보니 '가루나 음식 따위가 보드랍고 팍팍한 느낌이 있다.'로 되어 있다. 시인은 이처럼 사전 속에 숨어 있는 우리말을 문학의 현장으로 불러내어 호명하고 있다. 기운을 불어넣고 있다.

　전기 없던 시절

　뒤란에 있는 돌우물

　열무김치 오이소박이 참외 수박……

줄을 늘여 띄운 바구니
　　—「아버지의 냉장고」전문

　　이 시의 각주에 바로 그 얘기가 나온다. 중학교 2학
년 때 동네에 전기가 들어왔다는. 그는 흔히 말하는
깡촌에서 태어나 살았던 것이다. 냉장고는 구경도 못
했겠지만 뒤란에 있는 돌우물에 줄을 늘여 띄운 바구
니가 있었고, 그 안에는 열무김치와 오이소박이와 참
외와 수박과……. 이런 것들을 시원하게 해서 먹을 수
있었던 것은 아버지 덕분이다. 생활의 지혜라고 할까,
이 땅의 아버지들은 아주 현명하였다. 특히 시인의 아
버지는 부지런한 분이었다.

　　짚방석에 앉아
　　톱니를 쓸고 있네

　　이가 닳아 등에 닿는 톱
　　뼈가 닳아 등이 굽는 아버지
　　—「굽은 등」전문

　　아버지는 한평생 노동의 현장을 떠난 적이 없었다.
뼈가 닳아 등이 굽은 아버지는 이가 닳아 등에 닿는

톱을 닮아 있었다. 여덟 자식을 먹이고 입히고 학교에 보내야 했으니 하룬들 편하게 쉬어보았을까. 시인은 아버지의 굽은 등을 보며 한숨을 내쉬고 있다. 감사와 연민의 정으로 아버지의 등을 바라보는 시인의 눈길을 느낄 수 있는 시인 것이다. 이상 첫 시부터 다섯 번째 시까지 차례로 살펴보았다. 지금부터는 돌바위골의 전설 같은 이야기를 본격적으로 살펴볼까 한다.

아버지의 노동과 헌신에 대한 형상화 작업은 「왕골자리」「단잠」「고줏대」「겨울 연시」「첫 쟁기질」「모깃불」「쇠전 다녀와서」「아버지의 등」 등으로 계속해서 이어진다. 어머니의 초상은 「화단에서」「박꽃」「알갱이만 남아라」「봄맞이 대청소」「구름밭」「목화 다래」 등 몇 편의 시에서 그려지는데 어머니도 늘 일하고 있던 분이었다. 부모님 두 분이 「보금자리」와 「어둑새벽」에서는 함께 나오는데 모두 부지런한 농사꾼이요 알뜰한 주부다. 그런데 아버지가 먼저 세상을 뜨고 어머니는 남편이 없는 상태에서 훗날 시인이 되는 아들을 장가보내게 된다.

　　― 아버지가 나한테 맡기고 갔어

　　너랑 막내한테 줘야

　　내가 편히 눈을 감지

장롱 깊숙한 곳

찾아뵐 때마다 꺼내 보이는 반지

— 「어머니의 반지」 전문

안 되는 거였다

어머니 무릎에 얼굴을 묻고

울어서는 안 되는 거였다

아버지 없는 결혼식 끝난 후,

말없이 안아준 당신

— 「그래서는」 전문

　언젠가 듣기로, 시인이 군 복무 중일 때 아버지가 돌아가셨다고 한다. 그러니까 천수를 다 누리고 간 것이 아니었다. 아마도 한평생 일만 하다 자식의 효도도 제대로 못 받아보고 돌아가셨나 보다. 결혼식 마친 뒤에 어머니의 무릎에 얼굴을 묻고 울음을 터뜨리는 아들의 모습이 눈시울을 뜨겁게 한다.

　이제 개구쟁이 강성희 군의 모습을 살펴보기로 한다. 시골에서 자라면 그 나름의 재미가 있나 보다. 소도시에서 성장해 밀 서리와 천렵의 재미를 모르는 해설자로서는 강 시인이 얼마나 부러운지 모르겠다.

긴긴날 보리누름에
노르스름한 밀을 싹둑싹둑

모닥불 둘러앉은 개구쟁이들
얼굴도 손도 숯검정
― 「밀 서리」 전문

몰아라 몰아 우당탕

메기 한 마리 들어갔다
힘차게 걷어 올린 반두

메기 대신 시커먼 고무신 한 짝
― 「반두질」 전문

보리누름이면 보리가 누렇게 익는 철이다. 그 무렵
에 동네 꼬마들이 노르스름하게 익은 밀을 싹둑싹둑
베어 와 모닥불에다 구워 먹는다. 그 맛이 꽤 고소한
가 보다. 얼굴도 손도 온통 숯검정이 되었지만 얼마나
재미가 있을까. 밀 농사를 애써 지은 농사꾼의 투덜거

리는 소리가 귀에 들려온다. 고약한 놈들! 다음에 나한테 들키면 내가 그냥 두나 봐라.

반두는 각주에 설명되어 있는데 양쪽 끝에 가늘고 긴 막대로 손잡이를 만든 그물로, 주로 얕은 개울에서 물고기를 몰아 잡을 때 쓴다. 메기 대신 고무신 한 짝을 걸어 올렸으니 이 일을 어쩌랴. 그 냇물은 물 반 고기 반이 아니었나 보다.

맨발로 고무신을 신고 다니던 시절에서 조금 개화하여 나일론 양말이 등장한다. 개구쟁이가 양말이 해질 때까지 신었을 리 만무하다.

팽이치기 썰매타기
얼음 깨서 고기 잡기

신발 벗고 따끈따끈
발을 쪼이는 모닥불

— 아차차, 내 양말
— 「나일론 양말」 전문

한겨울에도 밖에 나가 놀아야 한다. 나일론 양말을 신고 모닥불을 쪼였으니 집에 가면 엄마한테 혼날 일

만 남았다. "개구쟁이 대신/ 내 옷만 두드려대는 어머
니"(「빨랫방망이」)의 심정이 이해가 간다.

농가에서는 가장 중요한 식구가 황소와 황구인데
이 시집에서 소는 여러 번 등장한다. 「해토머리」와
「첫 쟁기질」「고생했다」에 잘 묘사되어 있는데, 소는
초봄 밭일할 때는 없어서는 안 되는 존재다. 그런데
집에 목돈이 필요할 때 소는 패물보다 소중한 역할을
한다.

쇠꼴 한 바지게 타닥타닥
고삐 잡고 가는 까까머리

어서 가요 뚜벅뚜벅
바지게 끌고 가는 소
― 「해질녘」 전문

움머 움머어~

그치지 않는 울음

토닥토닥 목덜미를 그러안는 아버지

그렁그렁 송아지 떼고 온 어미 소

　말 없는 짐승이지만 집의 식구들과 의사소통이 너무나 잘 되는 존재다. 소는 착하고 순종적이다. (물론 투우도 있기는 하지만.)「들녘」에서는 어미 소와 송아지가 함께 나오는데 이들 모자가 영영 이별하게 되는 경우가 있다. 인간이 참으로 잔인한데, 아이들 학비 마련을 위해서나 노모의 약값 감당을 위해서나 어쩔 수 없는 사정이 있었을 것이다. 송아지는 어미 소와 헤어져 눈물을 글썽이지만 어미는 움머 움머어~ 하고 통곡을 한다. 아마도 돌바위골 집집이 이런 일들이 몇 번은 있었을 것이다.

　이번 시집에는 먹거리 이야기가 특히 많이 나온다. 지금 시대에는 근처 편의점에만 가도 먹을 것이 천지지만 예전에는 자연에서만 먹을 것을 구할 수 있었다. 지금의 관점에서 보면 건강식이고 무공해식품이지만 그때는 그야말로 이 지상에서 맛볼 수 있는 천상의 먹거리였다.

　된서리 맞아 쪼글쪼글

　떫떠름하니 씨만 두글두글

겨우내 항아리에서 숙성된

조청보다 차지고 다디단 고욤

먹어본 사람만 아는 고 맛!

— 「고 맛이야」 전문

고추장 된장 푼 국물에

싸라기 죽 한 솥

아랫집 윗집 동네 할머니들

이 빠진 합죽이 할머니도 후루룩

잘도 넘기는 멀건 아욱죽 한 사발

— 「아욱죽」 전문

  해설자는 어죽은 먹어보았는데 미꾸라지 버들치 송사리 한 마리씩과 왕멸치 대가리가 한 주먹 들어간 "아버지 생애 최고의 음식 버들치 어죽"은 먹어보지 못했다. 특히 아욱죽은 죽기 전에 꼭 한 번 먹어보고 싶다. 지금은 초콜릿이다 추파춥스다 단 것이 워낙 많아 고욤은 아이들에게 줘도 안 먹겠지만 그때는 혀를 살살 녹이는 달짝지근한 먹거리였다. 지금 세상에서 멀건 아욱죽을 누가 맛있다고 먹으랴만 그 시절 누군

가에게는 "고추장 된장 푼 국물에/ 싸라기 죽 한 솥"
이면 최상의 음식이었다. 먹을 것이 귀했기에 독버섯
이 아닌 다음에야 산천의 초목이 다 먹거리였다. 꽃도
먹었다. 그런데 흰 쌀밥도 조기 한 마리도 서민들에게
는 그림 속의 떡이었다. 1년에 한두 번 먹는 다식은
꿈에도 나타난다.

두런두런 설날, 한가위 전날 밤

쌀 녹말 깨 송화, 달달 볶은 콩가루
구멍마다 꼭꼭 채운 조청 반죽
고임목 빼고 가만가만 누르면
갖가지 문양을 몸에 새기고
모양 갖춰 쏙쏙 올라오는 전통 과자
— 「다식」 전문

  식품첨가물이나 화학조미료가 들어가지 않은 우리
네 전통 과자 다식의 제조 과정이 나오는 이 시를 읽
으니 일제강점기 때 들어온 샘베이(せんべい, 煎餅)라는
것이 우리 입맛을 버려놓았다는 생각이 든다. 설탕이
들어가는 과자가 등장한 것이다.
  아무튼 "정월 초하루, 팔월 보름날은/ 먼 곳에서 손

님 오는 날"이라 "안마당을 쓸고/ 바깥마당을 쓸고",
"동네 사람들 모두 나와/ 동구 밖까지 청소를"(「손님맞
이」) 하는 우리의 미풍양속을 소개하기도 한다. 정월
초하룻날 꼭두새벽에 청년들이 "복 많이 받으세요"라
고 덕담을 하면서 집집마다 복조리를 던지던 것도 아
름다운 우리네 풍습이었다. 정월 대보름에 하던 동네
대항 줄다리기도 얼마나 멋진 우리네 풍습인가.

　하지만 세상은 이런 아름다운 풍습, 풍경, 풍광을
그대로 두지 않는다. 1970년대에 들어 국가가 주도한
경제개발계획은 전국 여러 도시에 큰 공장들을 세우
게 하여 농촌 인구의 감소를 가져온다. 새마을운동은
이렇게 농촌을 팽개쳐두면 안 되겠다는 박정희 대통
령의 고육지책이기도 했다. 「신식 지붕 개량」과 「새마
을 도로」 같은 시를 보면 그 당시 농촌사회의 변화된
모습을 어느 정도 파악할 수 있다. 그런데 이런 노력
에도 불구하고 대도시와 공단을 끼고 있는 도시의 인
구는 계속 늘어났고 농촌 인구는 줄어들기만 했다. 이
농 현상은 가속화되어 서울에는 이른바 '산동네'가 계
속 생겨났고 농촌에는 빈집들이 늘기 시작했다. 그 현
상이 지금까지도 계속되고 있다. 농촌 인구의 감소는
초등학교와 분교의 폐교를 가져오고 있고 중학생, 고
등학생의 감소를 가져오고 있다. 대부분의 농촌 소재

초등학교에 다문화 가정의 아이들과 외국인 자녀가 많이 다녀, 이들이 없으면 학교 운영이 어렵다는 얘기를 현직 교사한테 들었다. 5천 년 농경사회가 사라지고 그 모든 것을 민속박물관에서나 보게 된다면?

이런 것에 대한 안타까움이 강성희 시인으로 하여금 바로 이 시집의 시들을 쓰게 한 것이 아닐까. 내가 증언하지 않는다면? 내가 추억하지 않는다면? 내가 시로 형상화하지 않는다면? 노인네가 옛날이야기를 주저리주저리 하고 있다고 생각해서는 안 된다. 이 시집의 시 편편이 바로 5천 년 동안 영위해 왔던 우리들의 삶이었고 민중사였다. 궁궐이나 한양의 4대 성문 안이 아니라면 우리는 이렇게 자연과 더불어 살아왔다. 없으면 없는 대로. 있으면 있는 대로. 그런데 그모든 농촌공동체적 삶의 모습이 이렇게 빨리 잊히고 있다니!

시인은 사명감을 갖고서 이번 시집의 시들을 썼다고 본다. 특히나 강성희 시인은 안성농업전문학교 농업토목과를 졸업한 이후 영광원자력발전소와 사우디아라비아 수로관 건설현장에서 근무한 이력을 갖고 있다. 한강 뱃길 준설공사 후 안성시청에 근무하면서 한 가정의 가장 노릇을 성실히 하였다. 즉 시인은 한국 사회의 산업화 과정을 직접 현장에서 보고 느낀 분

이다. 그런 그가 왜 옛날이야기를 이렇게 집중적으로
했는지 독자는 알고 있어야 한다. 결론이라고 할 수
있는 마지막 시를 보자.

> 사라진 흙담 돌담 울타리
> 밥 짓는 연기
> 담 넘어 늘어진 감나무
> 크고 작은 바깥마당 아이들 웃음소리
>
> 한도껏 경계선을 내민 콘크리트 담장
> 굳게 닫힌 철문
> 알 수 없는 사람들
> 쓰러져가는 빈집
>
> 이곳이 내 고향이다
> 가슴속으로 들어앉은 고샅길
> —「고샅길」 전문

　한때는 크고 작은 바깥마당에 아이들 웃음소리가
넘쳐났는데 지금은 도시건 시골이건 동네에서 아이들
웃음소리를 들을 수 없다. 응애응애 우는 아기들 울음
소리도 들을 수 없다. 도로를 많이 내고 공장을 많이

세웠다면 산업화를 성공리에 달성했다는 것인데, 즉 우리네 삶이 윤택해지고 풍요로워졌을 텐데 이 시의 제2연을 보라. 동네마다 "한도껏 경계선을 내민 콘크리트 담장"을 치고 있다. 너나들이하던 동네 사람들이 다 사라지고 없다. 철문은 굳게 닫혀 있고 쓰러져가는 빈집들이 많다. 동네 사람들이 다 한 식구나 마찬가지였는데 지금은 한 동네에 '알 수 없는 사람들'과 같이 살고 있다. 이 시집은 노스탤지어의 손수건이 아니다. 그 시절에 대한 애틋한 향수가 뭇 독자의 가슴을 아프게 할 것이다. "이곳이 내 고향이다/ 가슴속으로 들어앉은 고샅길"이란 결구는 온 천지를 향한 시인의 외침이다. 시인의 고향인 경기도 안성시 금광면 사홍리 석암은 이 한 권의 시집으로 훌륭히 복원되었다.

이 시집을 읽었으니 우리는 인정이 넘치는 세상, 나누며 사는 세상, 상부상조하는 우리네 농경사회의 미덕을 회복하기 위해 어떤 일을 해야 할지 골똘히 생각해보아야 한다. 강성희 시인은 그런 꿈이 있어서 이 시집의 시들을 썼을 것이다. 이제 안성, 하면 기억해야 할 또 한 명의 시인을 안성은 품게 되었다. ✸

나무시인선 030

돌바위골이야기

1쇄 발행일 | 2025년 03월 20일

지은이 | 강성희
펴낸이 | 윤영수
펴낸곳 | 문학나무
편집 기획 | 03085 서울 종로구 동숭4나길 28-1 예일하우스 301호
이메일 | mhnmoo@hanmail.net

출판등록 | 제312-2011-000064호 1991. 1. 5.
영업 마케팅부 | 전화 | 02-302-1250, 팩스 | 02-302-1251
ⓒ강성희, 2025

값 13,000원
ISBN 979-11-5629-186-2 03810